詩集

時のなかに

北岡武司
kitaoka takeshi

春風社

詩集　時のなかに　目次

I

国内線ターミナル　6
海の声　10
えらぶゆり　12
うらうら　14
そこだけの　18
タヌキ岩で　22
しろい貌　26
外立　30
ピラミッドの風　34
風の声　38
ひょっこり　42
おなじ空の下　46
はかなく　48
あおいつぶやき　52
波のレンズ　56

II

くもり鏡　62
ゆれゆれて　66
うかれ　70
知らざれば　74
さめざめと青　78
あじさい　82
ふりかえらず　86
晩秋　90
私は宙　94
明るみ　98
とき　100
ふるえても　104
翼をひろげ　108
虫の音　112
アイドルたぬき岩　116
糸きれて　120
ときのまうえから　122
あとがき　125

I

国内線ターミナル

轟音が火を噴き疾駆する
旅客機のエンジン音ではない
火山が膨らみ噴火の気配がただよう
不安は
抱きしめるより知らん顔がよい

滑走路が混んで着陸が遅れるかもしれない　と
さっきのフライトで機長のアナウンス
スクランブル発進のことを謂っていたのか

心のうごめきを覆い隠し
ばかばかしい番組でも見て笑おう

笑わせようとしている　笑わなければ　と
目をそらせ気をそらせ視野をせばめる
外国《とつくに》の爆撃機　艦隊が列島の隙間をぬける
パソコンで仕事する人や
コーヒーをすすりテレビを見る人らは

火山の膨らみとは無縁と安心している
またしてもF15の轟音が飛びたつ
テレビではどの番組にもおなじ顔がでてきて
何がおかしいか分からないやりとりに
芸人たちがばか笑いし　あわせて私も笑う

列島津々浦々のグルメの宣伝で気を散じる
膨らんでもまだ噴火はしていない
ツナミがきても　ミサイルが飛んでも
起ころうとする出来事の全貌はみえず
つま先立ち　首を伸ばし

海の声

私は髑髏《どくろ》
洞窟に転がって
海の声を聴いてます

冬の日には
眠くなるよな子守唄が
どこまでも広がります

嵐がくれば

海水が風洞をつきぬけ
雄叫びがあがります

私は髑髏
洞窟に転がっていると
海の声が聴こえます

ヤマトから流れきて
行き倒れ
弔ってもらいました

私は髑髏
洞窟に転がり
海の声を聴いているのです

えらぶゆり

ではお盆にね
お爺ちゃんお婆ちゃん
お父ちゃんお母ちゃん
戦でなくなったおじさんたち
一緒に正月をすごせて
みんな幸せでした

ごちそうもって
お墓に行きましょう

別れの宴
せりあがった海が
丘を見おろしています
ふくらんだ雲が流れます

別れの杯で
黒糖焼酎を飲みましょう
頭上は真っ青
今度会うまでに　あの空の下
えらぶゆりが雲よりも白く
咲き誇るでしょう

うらうら

うららかな波うらうらとまきえまくも鮒《ふな》はこず漣《さざなみ》の水面《みなも》動きわが身動くよ
なウキの流るるよな錯覚　何が動くかしらねど鮒をだまそうとここにいる
鮒よ　だまされたとうらむな大本営にだまされたよな運命にだまされてる
よな気分　だまされあやつられていると世間もいうだまされるのが好きだ
詐欺師うらむな大本営うらむな運命うらむな生まれた身のうえ　寺の坊主
と仲よくなった母うらむな坊主うらむなうららかにゆれる波ようらうらと

一五で家出　二〇歳で工兵連隊台北に送られ架橋訓練マレー作戦おわれば
輸送船魚雷にやられ馬やバラスと南海の青空にまいあがりおちれば油の海
掃海艇救助にかけつけ満州へ戦車で原野を駈け夜間行軍で谷底に転落　戦
車はうらがえり水につかる　泥水に体浸しふやけた乾パン食って三日三晩
車底のすきまからこぼれる日の光星の影　ここで死ぬるかと覚悟して待っ
た　何を待ったのか　救助ではないのに頭上でハンマーにたたかれる車底
おおいおおい生きておるかの声きこえたときの嬉しさやはり生きているど
んなにいやなことがあっても生きよう神さま戦友とともに私は生きてます
二〇年　三ヶ日で陣地構築に精出すも五月晴れの空から艦載機襲来水田に
爆弾次々突き刺さる不思議　機銃掃射の弾も鉄兜貫きわが後頭部に刺さる

この世に投げだした方をうらまない有ることはうれし何があろうと守って
下さる　生まれては世にいで立ち死んであの世に立ちつづけ有りつづける

鮒はこず漣の水面動きわが身動くよな　池の畔でウキみつめ慰めなくとも
うらまず　うらうらうらむなうららかに　ゆれる波のうらうらとうらうら

そこだけの

駅は瀟洒《しょうしゃ》なビルに変身し石畳を模した舗道に面して店がたちならぶ　木造駅舎で跨線廊下があったのに面影かすみ現物は時代のツナミにのみこまれ

田圃に道路が何本も通り　それをはさんでパチンコ屋　携帯ショップ　ネットカフェが軒をならべ　商店主らの顔には立ちゆかなくなりそうな焦燥が

南側にシネマコンプレックスのビル　デパート　スーパー　マンション群からなる人工の街が　地震ようち崩してくれとばかりにそっけなくそびえる

製鋼所のトタン張り巨大工場はきえ荒地はうめられ　風は牛糞や専売公社
のタバコや土のにおいも運ばず　休み明け学校にだした紙細工のような街
姿あらわして二〇年たち　ブーム再来のボーリング場はスポーツジムに鞍
替えするも人影すくなく　ゴーストタウンを次世代に引きわたそうとする
時はすぎる　ここはあなたと出会った街　駅向こうのトタン張り工場から
トカターン・カタトーンと金属をたたく音鳴り響き　屋根は夕映えに黒く
ちぃさな雲の漣《さざなみ》が朱色にそまって夕空が夜空にかわるまでふたり肩をなら
べ見とれたところだ　が　さまがわりは無常だけが常と無常を突きつける
この街はこの街あの街はあの街　あれもこれもそこだけの光そこだけのも
の　ツナミできえた町跡にさす光もうねり乗り越えその次に何が来ようと

変貌に驚くも緯度と経度はかわらず光の加減はおなじ　季節季節時々刻々
光はそこだけのもの　トカターン・カタトーンを聞き　眺めた光景はない

タヌキ岩で

岩に腰をおろす。秋だ。真昼の陽光が馬背山《うまのせ》のフェイスで戯れ周りの木々を暖める。光が強烈なので瞼の開き具合を伸次は調節する。背中を岩肌にゆだねると、時の外に追いだされていたことがふと時へもどってくる。あれは朝のカフェだった。新聞を読んでいると大きなテーブルのむこう　老婆がソファに腰を下ろした。「日本人のくせに、新聞が読めるのかね。日本人は英語しかできないけどね」生意気な伸次は意地悪くかの国でのタブーを話題にした。老婆は泣きだした。少女時代にもどっていた。

嘘かもなんて思わなかった。意識に上ってきても泡のようにはじけた。時代の寵児への熱狂が意識における現実。あれは偶像、アイドルだったのよ。私ら《うち》はアイドルがほしかった　指導者を求めた。そんなときあの小男が力強くあらわれたの。沸騰する時代のなかへ颯爽と。時代も世界もますます煮えたぎったわ。地獄の釜のように。地獄だとは思わなかったけれど……言葉に力があったし集会場やラジオで演説を聴いてみんな熱狂した。歓声をあげると胸がはちきれそうになった……。涙がかぎりなく溢れてきた。彼の熱狂がみなに乗りうつった。何かが彼に憑依してそれが電波のように発信されたのよ。ひょっとしたら歴史を操るデーモンからきていたのかもしれない。「この国は世界に君臨する」とそんなことを語ったわ。「ときは近い」と両腕をあげ力を示し、汗が飛ぶほど頭をふった。

その姿のどこに嘘があったのか……ああ私らは陶酔して彼とひとつ

になりたいと願った。彼というワインでみな溶けあえるように思ったのよ。彼がネクロフィリアだなんてあとから心理学者がいいだしたこと。心理学者も歴史学者もことが起こってからまことしやかなことを話す。けれどことは起こってしまうまで誰にも何にも分からないのよ。そうよ　歴史は歴史が起こるまで誰にも分からない。歴史の只中にいるときも何が起こっているか分からない。火山の噴火で翻弄されているとき起こっていることの全体を思い浮かべることはできない。……火山は騙すわけじゃない。でも私《うち》らは騙されたの。民族を導いてくれるアイドルを求めていたのは私らの方だった。だから騙されたのよ。みんな騙されたかった。すすんで騙された。みんなうすうす知っていた、そりゃ姿を消した人々が遠い街で煙になっているなんて、そんな噂も風が運んできた。風には煙の臭いもしたのよ。

老婆はそんなことを話した。人はアイドルが好きだ。騙されるのが好きだ。命は何かに捧げられなければならない。相対を絶対化して命を賭ける。相対が相対にすぎないことが分かれば騙されたとこぼす。……俺は睫毛にできる虹が好きだ。伸次は日輪にむかって目を細めた。それにしても俺はどうしてあの老婆にあんなに喋らせてしまったのだろう。老婆の涙が思いだされる。涙が嘘だったかもしれないとは露ほども思わなかった。雲が太陽に近づく。陰がくるだろう。

しろい貌

夜空は青みをおび
あかるい雪原が広がる
鋭く輝く星が溢れかえり
月が見おろしている
影が前方で動き　乾いた雪のうえに
部隊は腹ばう

森のうえに双眼鏡をむければ
立体感のあるしろい貌《かお》

月の山　谷　海
暗い海からうかびあがった輝き
沈んだ太陽が地平線の彼方から
光をはなち月の山がひかる

あの顔をしろく照らし
山巓をひからせるのは
西の方《かた》に沈んだ太陽
陽光が黒い空間を走り
月にあたっている
なにものかをさししめす

宇宙の広がり　秩序　雪原の虫けら
ものみなをくりひろげる不思議な力

虫けらをこの世に投げだし
存在を支え　押しだし
命を与え　使命を与えた力が言う
この世を往ききれと

横には銃を支え
雪原に転がる地球人たち
前にも銃を構えた異星人
かれらにもおなじものから
おなじ使命が与えられている
月は雲に隠れ辺りは暗くなる

外立

濃紺のコート姿のインテリ男がのぞみをまつ。プラットフォームで
スマホいじりブルーの保冷庫をさげ病院から病院へはこぶ家族の
のぞみ　レシピアントののぞみ。臓器をもたせた看護師取りだした
医師。とり返しのつかないことをと——そんな思いの噴きだす傷を
縫合できるか。

枕でほそい首をまわし家族の顔をひとりずつのぞきこむ。フーッと
ウルティマ※の息をはきだし目をとじる祖母。女医は胸部に注射針
をさしこみ聴診器をあて左手首の腕時計を見「五時三七分ご臨終で

す慎んでお悔やみもうしあげます」と頭をさげ遺された家族に臨終の宣告をした。

祖母はこの世への出っ張りをやめた。女医も祖母の顔を見　みな頭をたれ黙す。しずかに息をひきとった。誰が息をひきとったのか。もちろん祖母が――　だがどこで？　どこへ？　臨終の宣告をされた祖母はいまどこにいるのか。医師は延命に懸命になったさなか徒労感にとらわれたはず。

心臓がとまりかける刹那もそのまえも祖母は別の世界に存在していたし今も存在している。世の波をあびかろうじてうかぶ潜望鏡を収めただけ。水面下はどうか？　うつつの使命をおえてもその場所にいてそこへと息をひきとった。生きた死体か死んだ生体から臓器を貰って生きようと人の定めは免れない。

ときをへて死ぬ。からだはひとつ。いのちとからだもひとつ。切りはりしてもひとつは切りきざめない。いのちは切りきざめない。生命現象の推移は数値で測れても水面下の「ひとつ」は分からない分けられない。数値で薬を投与しディスプレイで脳死判定しパーツをつぎはぎする。いのちの尊さ?

数値に還元される生命現象に?　金ならとりたいだけとるがよい。介護保険などかってにもっていけ。わたしは「ひとつ」をつらぬく。糞尿にまみれ悪臭に包まれ悪臭をはなち苦痛に釘づけにされ死んだほうがましだと思い　いや死にたくないとも思い死にたくないと叫びながら事切れるまでたえぬく。

安らかでなくとも祖母のように一切を受容れ　ひきとる場所から

息をひきとろう。エクスピレ※しよう。うつつの波間には潜望鏡のように外立しているだけ。のぞみゆるやかにトンネルからあらわれターミナルはるか。のぞみのはてを男はだいじそうにでもなくぶらさげ信号音鳴りやんでドアしまりのぞみはおもむろにトンネルの暗闇にはいる。

"How wonderful is Death!
Death and his brother Sleep!"
—from "QUEEN MAB" I, by Percy Bysshe Shelley

※ ウルティマ——ラテン語で「最後の音節」のこと。時として『最後の息』の意に転用される。

※ エクスピレ——フランス語の動詞で「息を吐く」の意。「息絶える」の意でも用いられる。

ピラミッドの風

風が吹きあがる。女の髪をまきあげ脚をなぶりコートの裾に悪戯し階段のビニール袋をおどらせオペラ通りにでる四つの出入り口に音を立て吹きあげこの顔にあたる。地下の闇からくる風。俯《うつむ》いた顔を突き刺し髪をなぶりねぶりいたぶり　うすい衣類をなでて素通り。誰もいないかのように知らん顔。メトロにおりる人や通りにでる人も風とおなじで私を無視する。手袋も上衣もズボンも靴下もほんの気休めだ。地底の闇の冷たさが石をとおり空気をとおり衣類をとおり肌をとおり　もうほとんどない皮下脂肪をとおって体の芯にさしこむ。これでもかこれでもかと……。知っている　悲しいとか

たったひとり　と呟くも嘆くも愚かだ。

独裁政権を率いたチャウシェスクが処刑され秘密警察セクリタリアにいた私ひとり生きながらえた。国軍は家族全員の体に銃弾を貫通させ私は国境を越え国境を越え汽車を乗り継ぎ汽車を乗り継ぎにげた。緯度も太陽の傾き具合も光のさす角度もおなじだが車両の隙間から見える景色は西に行くにつれ変わる。悲しいとかたったひとりと思うだにむなしい。最初からたったひとりで悲しかった。革命こそ人民の生きる道　皆平等と言いながら皿によそわれた食べ物の量をみくらべ己の分を思い知り憎しみを育みあった。憎悪と疎外はすみずみに浸透した。憎悪こそ階級闘争と歴史の推進力だと皆固く信じた。何度も口にすればどんなことでもほんとうに思えてくる。

憎悪　あまりにも人間的　猿よりも動物的……人と人との間に警

戒心と猜疑が張り巡らされ理性は保身のためにだけ用いられ神経は破れ　守ろうとする身は破れた神経からなる骸骨と化しよろよろとアンテナ広げ発信し受信し骸骨は腐食する。庭で銃殺された父母も妻も娘も弔わずふりかえらず肩章と勲章で飾りたてたカーキ色の制服をぬぎすてありあわせの服を身につけ駅舎に走り貨物列車の冷たい車両に潜り込んで何十年がすぎたろう。時間などありはしない。がこの身は老いる。あれだけ虐殺に加担したのだ。天使にはなれまい。ならばせめて犬になろう。憎悪を命の糧とする神経の骸骨であることをやめメトロの出入り口に這いつくばりわずかなコインを恵まれここにいればよい。

故郷は遠く私を知る人はいない。ただのひとりも。ピラミッド駅の風の冷たさを受けとめスフィンクスならぬ犬の格好で這いつくばり私はここにいる。――Me voici!　それにしても誰に向かって「私はここにいる《ム・ヴォワスィ》」と叫ぶのか。男盛りがラム革コートに身を包み赤いアスコットタイを襟元に押しこみ金髪なびかせ一段一段駆けるように階段をあがってくる。両手をコートのポケットにつっこみ誇らしげに……。脇を通るときズボンの裾からはみでたマロンの靴が輝《て》る。右の拳をポケットからだすと目前の石段でカロリンカラリンと一〇サンチームの落ちる音。首をひねっても背中はみえない。颯爽と歩いているのだろう。

青空が四角にくぎられ通りを挟んでむきあった建物。風雨にくすんだ屋根に鳩が二羽休んでいる。鳩もそこにいる。鳩にもあの男にも幸いあれ。

颪の声

にわかに滝の迸《ほとばし》る気配に
ふりむけば竹林は猛り
丈高い孟宗が大きく撓《しな》る

春に冷たき風吹いて
湖畔に佇む男に
山も咆哮《ほうこう》し何かを訴える

硬い花びらが舞いちり

水面は烈《はげ》しく荒れ
白っぽいかけらがまいおち

波にもてあそばれる
風吹きすさび
大気を巨人が通りすぎ

足音響く
頬も腕の皮膚もそばだち
竹林の叫びに耳を傾け

湖面の形相《ぎょうそう》を見つめる
春に冷たき風吹きわたる
花の咲ききるまえに

結界に近づくなと
地の神さまが怒る
昴ぶる男よ

畏れを知れ
我の神なるを知れと
春に冷たき風の吹く

胸に風が通りすぎる
春は来たばかり
花がおのずと咲くのを待とう

ひょっこり

三途の闇からレアリテのかけら
不意に顔をだし
こぼれおちていた人が
今日ひょっこりあらわれた
傘をささえ母の写真を取りだす
たいせつに財布にはさんでいたようだ
茶色くなった白黒写真に
五〇年以上まえの母

わたしのなかでは
神話のような風景
そのころ流れたときも
世界からきえていた
ああほんとうにそんなことがあった
あの時代　女の人の髪型はこんなで
セーターやスカートも
こんなのがはやったのだ

箒《ほうき》を手にして垣根のまえに立つ
若々しい母
そんな写真をたいせつにし
誰かを思いつづけてくれた魂に
涙がこぼれる

母はもうときのなかにはいないにしても
その頃のわたしと今のわたしは同じわたし

その頃のその人といまのその人のあいだにも
かぞえきれない出来事があるのにその人は同じ人
どちらも同じ時間を排出し同じ時間に自分を置く
わたしにもかぞえきれない出来事があった

傘の柄をにぎりしめ　その人をみおくる
母もあんなふうにあらわれてくれないだろうか
こぼれおち　混沌でしかないレアリテから
うつしよにもひょっこりと

おなじ空の下

コートの裾がはためき　空気の刃《やいば》が頬をかすめる
風が襲いかかり音をたてて耳を切る
防波堤をよろけながらあるく
ひとり飛ぶカモメとおなじ空の下

ひとり風にたち　ひとり宙《そら》に浮く
うえに飛び宙を潜りおもしろげに鋭い目で
風の刃に切られ遊んでいる

堤防に座った男はいつも通りふてくされている
鬱病の妻をベランダに放りだしてきたのだ
コンクリートに身をあて風に吹かれ
放りだされた女はその場にしゃがみ込み
凍った心で海の方をむいているだろう
膝を抱きしめ　しゃがみ込んだ女

カモメは翼をひろげたまま
風におされさがり風にたつ
悲しとも思わず風を切り左右にすべる
降りかかる運命をひきうけ　ひとり宙に浮く
カモメの群にも座り込んだ男にも
鬱病女の映像にも　背中を向け
私は風によろけあるく　おなじ空が見おろしている

はかなく

バイオリンは風を吐きだし石畳に落ち葉が舞う
頬被《ほおかぶ》りのマフラーに粉雪がころがり着ぶくれ男の鼻先を
幼い日の匂いがかすめる

暗がりで夜を見つめれば亡き母の若々しい喉もとの体臭が蘇る
テントから一人また一人とロマが出てきて
手を繋ぎダンスをはじめる

幼い姉たちも嬉しげに踊り　笑い声さえ洩れきこえる

つま先で力強く枯れ草を蹴り
テントの隙間をすり抜ける風に　悲しみの吐息が溶ける

踊る人は熱くなり奏者は楽器に頬をあて
弓で弦を引き　目を薄くあけ　周りの熱気に頷き
皆の喜びに首を振り　もっと熱を込め激しく小刻みに

弓をふるわせ弦をかき鳴らす　濡れて落ちくる星の思いと
人がひとつになる草原の夜　篝火《かがりび》に照らされ姉たちも
激しく軀《からだ》まわし飛びあがり息弾ませ宵闇に溶け込む

故郷なく生まれ　死んでも墓なく　草のように生え消え
さすらい　押しよせる悲しみを流して生きる
明日も馬車で草原を越え頬に痛い風を受けるだろう

今は星空に顔をあげ　首を回し大地を蹴り飛び踊る
喜びを星空にも見せようと続く舞踏会
悲しみの吐息が吹きぬける
雪の舗道に明かりが洩れ男の靴が照らしだされ

吐きだされるハンガリアンダンシィズの音色深く
窓から覗きこむと蠟燭《ろうそく》を挟んだ男女が相手の目を見　微笑えみ
胸から溢れる思いを受けとめあい　頷きあい

男達はグラスをあげて騒ぎ外になだれでて踊りだす
吐息が悲しければ悲しいほど
さすらい人の胸に幸福感が湧きあがり
あどけなく頬を母の胸にあずけ眠るよ

あおいつぶやき

ならんでベンチに座り煙草をふかし煙を吐きだし　とつぽつとつと低い声で語る。焦げ茶の革ジャンの背中で十一月のきつい光を撥《は》ね返し私を撥ね返し世の中を撥ね返しなにもかも遠ざけ遮断する。それでも眩く光あふれるあおい景色に恋人とふたりいられる幸せをいまはかみしめていよう。この男とどこまでも一緒にいけたら嬉しかろう。人生の陰もシミも消えてなくなるかもしれない。

うちとけてくれればきょうの日のように天にも海にも一点の翳《かげ》りなくはれやかに満ちたりていように。空を湛えた海面は行き交う船を支えしろい航跡を何本もやどしている。わたしたちもこの島も海のうえを動いているようだ。ふたりの陰がはなればなれに黒く映る。あなたのまえにもわたしのまえにも陰……　分かたれてくっきりと濃く染みつきこちらを見ている。「お前はお前だ」と言いたげに。ふたりは別々だと。

妹と父母はどの方角かと　かなたを見れば空は端っこまで澄み生駒や六甲さえ青澄みいくつもの街がひとつになって湾を囲み景色は溶け千里も吹田も分からない。どこかに妹は父母と貧しく暮らす。多分六甲のかなたに。そこから私は鉢伏のその向こう摩耶の麓に部屋を借り遁走した。二十一で体だけ生きている妹を父母に押しつけ肉親を置き去りにしてまっしろな航跡にシミをつけた。消せない陰ができた。

千里とはいえ摩耶からは目と鼻の先　アクセル開けばいつだって駆けつけられる。そう思って家をでた。父にも母にも何があるか分からない。私だって時々は妹の口元にスプーンを運んでやりおむつを替えてやりたい。お風呂で髪の毛や体を洗ってもやりたい。きもちよさげな顔が思い浮かぶ。嬉しがっている。三歳までは年相応に喋るようになっていた。今では知能は一歳と医者は言う。

ネータンネータンと抱きついてきた魂が一歳に戻ってしまったのか。はるかむこう　橋桁あたりで潮が騒ぎ小さな波頭ひろがり鮫の群れのように風にさざめきなみだつ。青を湛えた海面　対岸の町並み　すべてが明るく情景も透明で晴れ晴れとしているのに横にいるあなたは糸が切れた凧のよう。ついて行けない。見るだけ見られるだけ　触れない触れられない。人を抱きしめない。人に抱きしめられない。私の顔を見ない。

男はそんなものかとちょっと右によるとからだは離れているのに
陰は肩から下が伸びてくっついた。時々ツーリングにでてバイクに
跨がった後ろ姿をメットのシールド越しにみて追いかけるだけだ。
いつも距離を置いてどこへ飛んでいくやら……。ほんとうは私だっ
て凧にでも雲にでもなって世界中ふらふらと飛んでいきたいのに。
一緒にノルマンディーや北ドイツの海岸を走りまわりたい。

森や教会が丘の上をかざるという村もワイン畑も　その腰にしが
みついてタンデムで走りぬけたい。でも私は私のマシーンに跨がっ
ている。女はバイクの上でも大地に根をはる。それでいい。妹を見
捨てたらそれこそわたしは根なし草、拠って立つ瀬を喪う。ついぞ
心に触れたことのない男とここにいる。船はそれぞれの痕跡を描い
て近づき遠ざかり　港に入り港をでてゆく。

波のレンズ

波のレンズ　あつくうすく珊瑚礁にゆれ
海水の緑はこくなりうすくしずみ
陸地《おか》にあまい風がそよふく
ふりつもった火山灰にヤジリや
射ぬかれ穴のあいたシャレコウベがひそみ
震洋※の名残さえその下にかくれている
灰が風にはこばれふりつみ　層がいくつもかくれ
人間に起こったことの思い出が島につみかさなる

今日もあすもあさっても
出来事はしでかされ
歴史が時間のなかにふりつみ地層をなす

Heute, morgen und auch übermorgen
Schichten sich Geschichten in der Zeit
Und machen verschiedene Schichten aus.

とおいむかしのとおい国の出来事が
こんな島にも物見台をもとめた
珊瑚礁の島に火山灰がふっていた
ひとがしでかし　ひとにふりかかるマグマ
噴出おさえがたく目にみえぬ火山がふくらむ
まだこぬときにも歴史はしでかされるだろう
運命がふりつもり　あらたな地層をつくり
ふるき地層を思い出にして　歴史はすすむ

しでかされたことしでかされていること
しでかされるだろうことの全体にも
はじめとおわりがある
Was geschah, was geschieht
Und was geschehen wird,
Das hat auch einen Anfang und ein Ende.

はじめとおわり
ときのなかに思いうかべれば
エデンの園と神の国か 神々の国と自由の完成か
両端《りょうはし》のあいだで歴史はすすみつづけ
憎しみをかもし　生け贄を屠《ほふ》り　マグマを噴出する
楽園は地上になく　ときのなかには
神の国も自由の完成もない

僕らの思いうかべはときのなかにしかないのに

山もない島に火山灰ふりつみ
太古から　いまもこれからも歴史がふりかかる
水平線のかなたに狼煙があがり
マグマのふきだしそうな気配が風にのってくる
遠い空の下　いまにも噴火がはじまりそうな
歴史の予感に戦《おのの》き　飛びたったスクランブル機が
航跡を凍らせ　べつの飛行機雲を追いかけていく
波頭は環礁にくだけしろくはやく蛇のように這う

※　太平洋戦争末期、海軍で用いられた特攻兵器。ベニヤ板製モーターボートの艇首部に爆薬を内蔵し、搭乗員が乗り込み、目標艦艇に体当たり攻撃を敢行する。起用されたのは学徒兵、幼い予科練出身者たちである。

II

くもり鏡

あら　あら　あら　阿頼耶識《あらやしき》駅から
ずいぶん離れたこと　鏡が曇《くも》って顔も姿もみえない
（駅は毎日磨きなさい　よくみえるように

あんなところにキャリーちゃんを放たらかしにして
ママはのんびり優先座席に座っている
（優先座席だと気づかないだけ

あれじゃ連結部の通路を通れないではないですか

私は正義　正義の味方よ
（この世の連結はすべてエゴからくる

私の呟きは正義だけ
前の車両に行くわ　正しいことは正しいのよ
（呟きはすべて正しい

阿頼耶識から離れて　脚が元気になったわ
キャリーを飛び越さんばかりにまたいで
（阿頼耶識から離れれば鏡は曇る

飛び越しぎわに思いきり高い声で叫んだの
「こんなところに置いてたら邪魔でしょう！」
（叫びはすべて愚かなもの

お母さん真っ赤になってキャリーをドア脇に移したわ
どう?　正義がひとつ実現したのよ
(正義が真っ赤な災いをもたらした

それにしても阿頼耶識駅から遠くきすぎたみたい
鏡にピッチがこびりついて私　自分が真っ黒にみえるわ
(ならば磨け　そして駅に戻れ

さあ　延々とマインド・トークに浸り
不毛な時を生きましょう　人生に実りはないのよ
(不毛な時に浸ろう

ゆれゆれて

重みを空気にあずけ機体はすべる　珊瑚礁の点在する海は碧玉色に透き徹り　陽をやどす波ひとつひとつが光をはね返し　水面がちかづき水面にちかづき　無人の家やマンションの数々が記憶によみがえる　どれかに帰れそうな　放浪のおわりそうな予感　どの家に帰れるのか

シュミーズとショーツの一つになった下着が薄暗い木賃宿の壁にかかる　臍から下はレースで女が身にまとえばその手の趣味の男を挑発し喜ばせるのだろう　どうやって身につけるのか　まず脚

を通すのか頭からか　いやそりゃないにせよあれを身につける女
もいる　それを喜ぶ男がいる

木賃宿は安アパートになり　昔別れた女が下着姿でそこにいた
顔は老い艶も張りも失っていても体打ち振るわせ顔つきは不安げ
に　薄っぺらい布団に横たわりこの身にするりとすりよる　萎び
た乳房が可哀想ですりよられるままに乳首をさすりさえし　抱き
締めると口から馨《かぐわ》しい息をはく

乾涸らびた唇を吸えば嬉しげにうっとり溶けしがみつく　肌も体
つきも昔に戻り二人は一つになり　ひとがすむ家でするするひと
のふるまい大地に根を生やしたような錯覚さえ生まれ　安布団の
上を転げ回り疲れ果て消耗して前後不覚に深い眠りに落ち込む

味噌汁と炊飯器の蒸気の匂いが居間に立ち篭《こ》め　外の青黒い風は
壁が遮り　部屋は明かりにつゝまれ　暮らしの温もりはラジオか
らもれる世の陰をよせつけず　きづかれぬしあわせが存在の奥底
にあった　顔も身のこなしもともに二十代のそれで尊敬のこもっ
た二人称でよびあったのに

あなたは遠くなる遠くなる遠く……ときをさかのぼるにつれどの
あなたもかなたかなたへすべる　機体は高度をおとし水面すれす
れとなり波波波波にぶつかり激しくゆれ内腑《はらわた》もゆれフロントガラ
スは飛沫《しぶき》の幕で何もみえず左右の視界は水煙が遮る

海水の抵抗でセスナは海面にとまる　波にゆれ寄る辺なくゆれ心
細くゆれ　どのあなたもそらのかなた　やっぱりひとり　だれも
いない海で腹のまんなかゆれ　映像もゆれゆれゆれて記憶のそこ

にしずむ　潜望鏡のように波間に顔をのぞかせ住処はどこかゆれてさがす

O, armer Heimatloser, der sogar bodenlos geworden ist!
哀れなるかなさすらい人よ、拠って立つ瀬もなし。

うかれ

道むこうで壁がほのめき
雷のとゞろきに家の底もふるえ
障子も襖も畳も音をたて

雲の天幕たちまちひろがり
天井の隙間から俺をみおろす
ふふん　ふふんと　笑いかけてくる

夢うつつで呆けていると

すさまじい雨音が屋根をはしり
二〇年前地震でかしいだ家が

ひっくり返りそうになるほど
はげしい天井むこうのノック
流れるなら流れるがよい

思い残すこともないしどうせひとり
ふふんと　笑ってやろうか
酒もしこたま飲んだ

雲よ　俺は動くに動けない
池が決壊し洪水が家を押しあげても
寝転がったまま海まで流されるさ

おまえのきれめにきりきりと
稲光がはしっても怖くない
日暮れ時から二升も飲んでいる

けれども海をただよい
飢えと渇きに苦しむのは怖い
せっかく促してくれているのに悪いが

もう一杯ひっかけるか

知らざれば

みしらぬ波長が頬にふれる
吸いこまれそうな真空の力におびえ
心こわばり身もこわばる
ステンドグラスはたかくのび
澄明な明るみがひろがって
祭壇わきにマリア像　十字架のキリスト像は
ほのかに浮かびあがる

跪いて一心に祈る横顔が

やわらかな光を遮る
赦しを乞うていたのか　払った犠牲を忘れ
わたしの平安を祈ってくれていたのか
思いは肩越しにつたわるのに　わたしには
欠片《かけら》もまことなく　罪を忘れ
心うつろに祭壇をみやっていた

己の冷たさにも知らんふりして
愚かにもなお大罪の連続でときをみたし
あなたをも神をもつきはなす
生身の肩の温もりがこの肩にもつたわる
あわせた掌からロザリオをたらしている
めのまえで肋骨が茶褐色に光る
釘をうたれた掌《てのひら》にも　うなだれた頭《こうべ》にも目をむけず

アミアン大聖堂の丸天井も
みあげるには高すぎて
わたしはわたしにしがみついたまま
虫けらが虫けらに

さめざめと青

ホテルの庭　パラソル下で
エビに添えたマヨネーズがおいしいと　あなたは
驚くそぶりを送り懸命に笑顔をつくるが
目には失望に負けそうな色
日陰でその目は異様にひかり
海浜《プラージュ》のむこうにさめざめとした青がひろがる

漁師たちが隣のパラソルの下で食事し
翳《かげ》りない笑顔をむけ

冷やかしの声を投げかける
「モチ・モチ」と親指と中指をこすりあわせ
他方の手でグラスをもちあげる逞しい男
半分っこ《モワチエ・モワチエ》　と言っているのか　祝福しているらしい

北の人々の国《ノルマンディー》よりも北なのに
漁師たちの顔は精悍に日焼けしている
その顔もしみじみとは見なかった
あなたの背後にはドーヴァーがひろがり
さめざめとした青がその心を塗っていたろうし
向きあう心も海のようだった

エタプルからカレーまで北上すれば
ライン川沿いの街に帰る

あなたは青い心で海峡をわたる
型どおりのさよならはしても
旅立つあなたの背中しか見ないだろう
ちっぽけな自分をまもるために

あじさい

梅雨空の葉っぱ和み横顔ほのか　においます
山麓の径《みち》を歩けば時はしらぬまに消えました
インド人が掌にのせ　吹き消したのでしょう
しあわせですね　ふたりはいつもお散歩です
めざめてからねむるまで夢のなかでもずっと

ミュールの爪先をだして肩をならべ歩きます
帽子を目深にかぶり大きな瞳で笑いかけます
あなたは道端に飛びだしてきたあじさいです

しあわせとはこんなことだったのでしょうか
出会った刹那うつつを飛びだし時の外にぬけ

雲のうえをあゆむようなことだったのですね
この道のようにふたりのこれまでは遥か彼方
はじめての恋　はじめてひたるしあわせです
あじさいは肩ならべ嬉しそうに随《つ》いてきます
幼い妹が兄を追うように　追いかけてきます

離れていても電車にのってても仕事のときにも
まとわりついてまえにまわっては振りかえり
ほそい腰を右に折りからだをかしげ笑います
魔法をかけあっているようで時も憂いも消え
まえを向き歩むいっぽいっぽだけがあります

私たちにあるのはともにあゆむ日々だけです
しろい雲の広がりにのったまま北野坂にでて
キリンや船のならぶ海を見おろしましょうか
梅雨空の明るみに和み葉っぱはゆれてゆれて

ふりかえらず

蒼《あお》い光を浴び
きえいるように
息をはきだしていた君
心をきめ　あるきだす

呼びもどす声にふりかえり
瞳をほそめまたしても
悲しみをはきだし
いのち果てるようにはきだし

きりっと前を向いて
あるきだす

何もかも背後に残し
ふりかえらずあるく
とめおきたい瞬間　瞬間も
惜しげなく捨てて……
呼んでも　そしらぬ風

ならば美しい魂のまま
去るがよい
蒼を浸透させ
ボヘミアンの矜恃をひめ
行くがよい

激しく生きよ
いのち輝かせよ
月夜には
庭に面影さがそう

晩秋

葉っぱ紅く色づき
風にゆれ
言葉なく力なく
微笑《ほほえ》む
孤独が孤独におくる
かすかな愛

どこにいても
エトランジェール

この庭も異邦だった
親しみ融けあっていたのに
時がすぎ
隔たりはまだ遠くなる

時に待てといえない
一切はすぎ去る
何かが来て　それも去ってゆく
ほんとうには
融けあえなかったと
嘘のように悲しむ

わずかな葉っぱが
枝に残り

私には愛欲を離れた時間が残る
シミのついたもみじ一片一片が
顔だけで愛をくれ
微笑み　ちぃさく手をふる

私は宙

漂うよ
光を溶かし込んだ
広大無辺の闇に私は漂う

地球の自転も公転も
月も水星も後に残し
太陽系の圏域をはなれ
別の太陽系へと流れゆく

双眼鏡で
紫と群青だったバラ星雲は
今や血の色になって
目を見開きにらんでいる
黄色のヴァリエーションが
数えきれない点となり
背後に燦《きら》めく

気圧ゼロ
氷点下二四〇度
体が一瞬にして蒸発し霧散し
凍りついた粒子が
同じ空間を流れゆくさまが
思い浮かぶ

私の体を構成していた粒子

怖くない
私は宙《そら》だ
宙が個体に分散していたのか
一なるものを分散させていたのは
この目か
すべては一なるものの変容
安らごう
私は宙

明るみ

闇は無辺に広がり
はてしなく流れる時のなかに
ほんの一瞬
闇の中に暗闇ふたつ
向きあいその深さを
たがいに悲しみ憐れむ
悲しみを代わってやれないのが
悲しいと

冷たさも感じず
向きあう暗闇の深さもはかれず
毛細血管の凍りつきそうな指先を
重ねさすり
視線はあわせず顔も見ず
それでも暗闇の向きあいが
闇のなかに明るみを醸しだす

嘘で固めた土壁に
己を閉じ込めたふたつが
闇で微かな光をはね返し
はてしない宇宙に
一〇ワットの明るみがともる

とき

閻浮提《えんぶだい》をみおろし
あなたは空を漂っておられます
たかくとおくたかく
もう天使たちが見えるでしょうか

あんなにも恋い焦がれ
ながく待っておられたそのときです
ともに暮らした四〇年は
あっというまでしたね

鯛や鮃こそあらわれなかったものの
竜宮城のようにはやくすぎました
あなたはひねもす空を仰ぎ
雲を眺め　幸せそうでした

そんなあなたを
幸せな気持で盗み見ておりました
どれだけながくとも
ふりかえればあっというま

待つときはながく　すぎれば
「あっ」という声よりみじかい
涼しげな木陰に

つくつく法師の唱名が染みいります

葛の花もひっそりと
このときを飾り見送ります
煙がたかくたかくとおくとおく
青空にあがっていきます

ふるえても

指で輪をつくってやると
おまえは掌から頭をだし
まっ黒　まん丸な目で
私を見つめおびえる
羽毛のやわらかさ
あたたかさがつたわる

おまえはふるえ
気取り　装っている

それでよい　それがよい
ふるえ　気取り　装おう
おびえながら　ふるえながら
時を経ていこう

何ものかの掌に包まれふるえ
世界に触れてふるえる
小さき己を思い　肌を接する空気に
世界に　宇宙に
己を包むものの大いなる息に
おまえはふるえる

宇宙の掌が私たちを包みこむ
ふるえていても

あたたかさが染み通ってくる
命の息吹のあたたかさが
どこまでいっても追いかけてくる
かごを脱けだし飛び立とう
ふりかえらず
たかく舞いあがっていこう
神々しい光籠もる雲間をめざして

翼をひろげ

天が恋しく脚伸ばし
　翼ひろげ鶴はおどるよ

次々とメールが届く
母からも兄からもはなれ
ひとり生きると
ひきつった顔
包丁にぎりしめ
おいかけてくる兄

ディスプレイのむこうに
逃げようとする
必死の形相《ぎょうそう》

乙女よ
雄々しく立ちあがれ
川のせせらぎにあわせ舞え
旭川で踊れ
歌をうたい
祈りを唱えよ
歌えよかし
家をでれば
ただひとり

ただひとりでも
胸をつきだし
翼ひろげよ
思いうかべれば
飛び立とうとする姿
いま凛々しく
涙こぼれるほど凛々しい
さ迷いを怖れるな
北帰行をみちびく方はおわす

天に恋して
　翼ひろげ鶴はおどる

虫の音

のんきのどかに流れる雲　ひきしまった空に白い船
山は遠く緑色はところどころ黄葉樹に彩られる
盆地の町が老夫婦の気にいり　手をつないで歩く
残りの時をここで暮らそうと

猿が葉っぱで買い物をし狐が銀行の頭取をする町
月で蒼ずんだ夜空に木々のシルエットが黒かろう
キャリーから伸びるチューブを上着の裾に隠している人
杖をついてスーパーに入る人　車椅子で散策する人

ステージをひとつずつあがれるだろうか
若い介護士の姿がめだつ　色づいた銀杏のようだ
駅前広場でキャンピングカーの展示会……閑散と
キャンピングカーの旅なんて若々しくていいのに

二人で放浪できる……放浪もいいけど
むかし行った温泉地の光景を思いだす
シートでカーテンをした車　ロープに干した洗濯物
日が暮れると老人は妻を負んぶして温泉まで行くのだろう

木々が月に照らされ風に揺れ
陰が地面に踊るだろう
妻は滑走路を走りきったか　夫は……

放浪の寂しさはあなたも私もずっと味わってきた

ひとり食べる味気なさを噛みしめ涙で時間を埋めてきた
残りの涙はあなたが天に帰る日までとっておこう
あなたが滑走路を走りきったら私はどうすればよいのか
分からない　三途の闇の手前も闇　それでも

この町を飛び立つための滑走路にしよう
真っ暗な夜には虫の音を歓んで
生きてる生きてる生きてると
夜更けまで続く虫の声を聴こう

宇宙の歌を聴いて歌おう
近所の家の明かりも　漏れくる笑い声も

月明かりに照らされたあなたの顔も
宇宙が奏でてくれる

ここで暮らし　先輩たちの離陸を見送ろう
端っこまで水色粒子の詰まった空の下
縁《ふち》だけが銀色に輝く飛行機雲
のどかのんびりと

アイドルたぬき岩

ゲンゴロウやタガメを食べて
みんな眠くなったでしょう
あの壁が風をさえぎってくれ
あそこからお月さまが昇ってきます

さあさあ　あなぐらで寝ましょう
うまのせ山から赤いお月さまがでて
ひかりが射し　あおくなりしろくなり
まぶしくて眠れないでしょうから

椋《むく》と櫨《はぜ》が喧嘩して泣声をあげます
ほら　枝をこすりあわせている
悪魔の声のようで　こわくて
こわくて眠れなくなりますよ

そのまえにはやく寝なさい
お父さんとお母さんはこれからひと仕事
ふたりで人の女に化けます
人を幸せにする大切なお仕事です

上の神社からおりてくる人に
酒を飲ませ懐の財布をいただくのです
人はみなだまされるのがすきです

だまされなければ生きていけません

それでなくとも自分で自分をだまします
嘘だとわかって偶像《アイドル》を拝みます
信じられるものがないから
むりにでも信じたいのでしょう

だからお父さんとお母さんとで
みなを幸せにしてさしあげます
さあさあ　お眠りなさい
お月さまが見守ってくれますよ

糸きれて

道ばたにススキがぽつぽつ　世にいて世のいっさいと絶縁し
すきとおった髪をととのえ午後の光に上衣をにぶくさらす
ほそい腰で丁寧控えめにお辞儀し立ち続けときを待ちときをへる

風のいうままなびいては顔をあげ負いめを赦してくださいませと祈る
どんな風にもそむくまいと心にきめ　くびれた湾に日の鏡ができれば
そちらをむいてお辞儀し天をあおぎ　頭をさげかなたをみあげる

群れてある孤独で寂寥は際立ちひとりゐの意識鋭く琴線がしまる

頭をさげてはあげときを待つ　静かな心で迎えられますように
雲は日没まえの太陽にそまり　天王天衆のひかり世にさしきたり

カオジロガンの編隊がつらなり　空はいろこくふかくたかく
髪は黄金色にかがやきそめ頭上を夕映えの朱色がおゝう
たそがれの協奏曲にふるえ　琴線は羽音をたてゝ切れた

呆け放下て夕空の荘厳にみたされるススキよ
心安らかにときを待て　ときから抜けいでるときを
ときを後にするときを心静かに
やがて天のひとたちにかこまれ　たがいに敬いあうようになる

ときのまうえから

雲ながれ
ときながれ
草むらに寝ころび
空を仰げば見えてくる
瞳が見えてくる
ほら　見おろしている
地上をのぞき
ほほえみかけるよ
見あげれば　目と目があう

雲ながれ
ときながれ
わたしのときを
わたしを容れたときを
ほうら　見おろしている
空よ　雲よ　ときよ
ほんによろこべ
みんなやさしく
見つめられているよ

永遠がふりそそぐ
きらめく空に　かがやく雲に
雪を溶かし　ひこばえに命をあたえ

若芽をひらく「とき」に
ふりそそぐよ
見るだけでうれし
うれしと思うわたしがうれし
かなたから　ときのまうえからのまなざし
さあ　見つめあおう

あとがき

　詩にせよ人生にせよ、意味は問うても分からない。分からずともよい。問う姿勢にたいして意味は閉ざされている。だが「分からない」は、無意味と同義ではない。詩は口ずさんで心地よく、何らかのイメージで構成された世界に遊ばせてくれれば、それでよい。人生は、謙虚と感謝、そして他者への尊敬に満たされれば、それがよい。なかなか難しいが……。

　不満を発するとき、不条理だとか理不尽だとか口にすることが、昨今、一種のモードになっているようだ。発話すれば、発話内容の図式が動かざる思考形式となる。人はその陥穽に気づかず、往々にして、自ら現実を狭隘化する。不条理、理不尽は自分の心の問題としてではなく、己が身に降りかかる出来事や社会のシステムのことを言っているようだ。しかも自分で狭隘化した現実に収まりきらない事柄に出会うと、出来事なり、出来事を引き起こした人なりをそうした言葉で責める。その底に「私は正しい」という思いがある。条理で割り切れるのは、あらかじめ条里で構築した都市くらいだ。理を尽くして納得できるものなど、自分の思考のメカニズムに収まる事象だけで、現実はそのメカニズムからすり抜けてしまう。問うて、納得することがあっても、その枠組みの中でだけなのだ。納得は間違いだったと、後で気づくことが何と多いことだろう。謙虚と感謝、他者への尊敬は、己のなかで起こった激震、霊の激震を経なければ出てこないかもしれない。

詩の意味は問うても分からないが、何度も口ずさんでいると、口ずさむたびに別の意味が、より高次の意味が、わが心に沁み込んでくることがある。それが己の霊に激震を起こすこともある。

二〇一八年九月　　　　　北岡　武司

【著者】北岡武司（きたおか・たけし）
哲学者、詩人。一九四八年、兵庫県生まれ。岡山大学名誉教授。
著書に『「銀河鉄道の夜」の世界』（みずのわ出版、二〇〇六年）、『シルエットの裏側』（思潮社、二〇〇三年）など。訳書に『カント全集〈10〉たんなる理性の限界内の宗教』（岩波書店、二〇〇〇年）、オタ・フィリップ『お爺ちゃんと大砲』（春風社、二〇一五年）などがある。

詩集　時のなかに

二〇一八年一〇月二三日　初版発行

著者　北岡武司　きたおか たけし

発行者　三浦衛

発行所　春風社　Shumpusha Publishing Co.,Ltd.
横浜市西区紅葉ヶ丘五三　横浜市教育会館三階
〈電話〉〇四五・二六一・三一六八　〈FAX〉〇四五・二六一・三一六九
〈振替〉〇〇二〇〇・一・三七五二四
http://www.shumpu.com　✉ info@shumpu.com

装丁・レイアウト　矢萩多聞

印刷・製本　シナノ書籍印刷株式会社

乱丁・落丁本は送料小社負担でお取り替えいたします。

ISBN 978-4-86110-616-3 C0092 ¥1800E